L'é
1

Images de J.-P. Chabot

Guillaume
super poète

RAGEOT•ÉDITEUR

Coucou !
C'est moi,
Agathe!

Vous connaissez Guillaume ?

Il porte souvent un nœud papillon et, en plus, il est poète !

Guillaume invente des **poèmes** qu'il écrit sur un carnet gros comme un livre !

Il en fait plein ! Des longs, des courts, des un peu sérieux et des trop rigolos.

Et il nous les lit pendant la récré.

Tout a commencé quand la maîtresse nous a expliqué le mot **rime.**

– Une rime, c'est lorsque deux mots finissent par le même son, par exemple vél**o** et mot**o**.

– Cray**on** et bonb**on**, a dit Léonard.

– Chauss**ure** et arm**ure**, a proposé Zizette.

– Van**ille** et chocol**at**, a crié Tom.

– Tom, tu n'as pas compris !

Alors Guillaume a levé le doigt
et il a récité :

Un jour, je me promenais
Dans une très grande forêt.
J'ai rencontré un gros loup,
Je n'ai pas eu peur du tout.

– Bravo Guillaume ! a dit la maîtresse. Tu viens d'inventer ton premier **poème** !

Guillaume était super fier, il a ajouté :

– Ce serait bien si on parlait toujours avec des **rimes** !

– Ce serait très difficile, Guillaume, mais rien ne t'empêche d'écrire des **poésies** sur un cahier et de les réciter à tes amis.

Le lendemain, quand Guillaume est arrivé à l'école, il était très content.

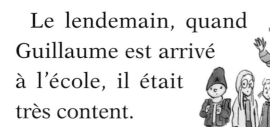

Dans sa main, il tenait son gros carnet avec un stylo attaché. Il nous a dit :

– Ça y est, je suis **poète** ! Même que j'ai déjà commencé cette nuit ! Écoutez ! Ça s'appelle :
Hop, je saute du lit !

7 heures du matin, je me réveille,
J'ai encore un peu sommeil.
7 heures 15, je saute du lit,
Je pense à vous tous mes amis.
Alors je crie : Guillaume, tu as du bol,
Aujourd'hui, tu vas à l'école !

– Il est super ton **poème** ! Je l'adore ! a crié Louise.

Et on a tous applaudi.

Depuis, chaque nuit, Guillaume invente un nouveau **poème** et il nous le récite le lendemain. Il écrit même des poèmes exprès pour nous.

Par exemple, tous les midis, on doit se laver les mains avant d'aller à la cantine. C'est énervant, on est obligés d'arrêter de jouer. Alors Guillaume nous a inventé un poème :

Avant d'aller à table.

Avant d'aller à table,
Je dois me laver les mains.
Ce n'est pas très agréable,
Mais ma maîtresse y tient.
Pour ne pas me faire gronder,
Je cours au lavabo
Laver mes mains, mon nez,
Et je reviens tout beau.

Maintenant, on le récite chaque fois qu'on y va !

Un autre jour, Guillaume est arrivé complètement excité à l'école. Il nous a dit :

– Cette nuit, j'ai fait un super **poème** !

Si je ne me lave pas,
Le premier jour,
Ça ne se voit pas.

Le deuxième jour,
Ça passe encore.

Le troisième jour,
Ça pue très fort !
Prout prout caca crotte
Zut de zut et boudin trotte.

Avec Arthur et Zizette, on a explosé de rire !

Mais, ce matin, Mathieu a commencé à se moquer de Guillaume.

– Ils sont **nuls** tes **poèmes** ! On en a assez de les écouter, ah ah ah !

– C'est parce que tu es jaloux que tu me dis ça ! lui a répondu Guillaume.

– Jaloux, moi ? N'importe quoi ! Je suis mille fois plus fort que toi ! Et même, si je veux, je te provoque en duel !

– Tu veux **te battre en duel ?** a demandé Guillaume. Alors je choisis mes **armes.** Et je prends... les **rimes !**

– **Une bagarre de rimes ???** a dit Mathieu, surpris.

– Oui, et comme c'est toi qui m'as **attaqué** en premier, c'est toi qui commences !

Et Mathieu a
commencé :

– Guillaume,
euh… demain
matin,
Je te change
en boudin !

Guillaume lui
a répondu à
toute vitesse :

– Et moi,
mardi
après-midi,
Je te transforme
en salami !

Mathieu a cherché longtemps dans sa tête avant de continuer :

– Eh ben... moi, euh... moi, si je veux, Je te réduis en poudre en moins de deux.

Guillaume a tout de suite trouvé :

– Ça m'étonnerait beaucoup, Mathieu, Tu ne sais pas compter jusqu'à deux !

Et là, Mathieu était tellement vexé qu'il n'a plus eu d'idée !

– Et moi, et moi, euh... euh...

Guillaume a attendu un peu,
puis il a crié :

Eh oui !
je suis moins fort
que toi,
Mais le chef
des rimes,
c'est moi !
Hourra
les amis !
La bagarre
de rimes
est finie !

Guillaume est
vraiment trop
fort en **poèmes** !
Tout le monde
l'a applaudi
et surprise...

21

Mathieu a applaudi aussi et il a demandé à Guillaume :

– Mais comment tu fais ?

– C'est facile ! Je pense à un mot, par exemple :

Bagarre !

Et je cherche d'autres mots qui font penser à la bagarre.

Il a ouvert son carnet.

– Mathieu, Agathe, trouvez des mots et je les écris.

On a proposé :

Dispute

Calmé

Lutte

Coup de poing

K.O.

Ami

Claque

Blessé

Main

Coup de pied

Paix

Ennemi

– Stop ! a crié Guillaume.
Maintenant, on va ranger
les mots en **rimes.**

 rime avec

 avec

 avec

 avec

– On peut dire aussi : il y en a
m**arre** de la bag**arre**, ça rime, a
dit Mathieu.

– Bravo Mathieu, a applaudi Guillaume. On va dire que ce sont les deux premiers **vers** de notre **poème !**

– Et ce sera le titre aussi ! j'ai proposé.

Mathieu était vraiment content.

– C'est d'accord ! a répondu Guillaume. Bon, les copains, il ne nous reste plus qu'à trouver notre **poème.**

Vite, dans notre tête, on a mélangé les mots.

Et tous les trois, on a trouvé :

Il y en a marre
De la bagarre !
Stop aux coups de poing
On se serre la main !
Stop aux coups de pied
On est calmés !
Plus de lutte,
Plus de disputes !
Au revoir Ennemi
Bonjour Ami !

On l'a récité ensemble. On était super contents !

Alors Mathieu a dit :

– Si tu veux, Guillaume, je t'apprendrai des trucs pour avoir des muscles et toi, tu me feras des exercices pour inventer des **poèmes.**

Guillaume a répondu :

– O. K. ! et pas K.-O. !

Et ils se sont serré la main !

Là, il est vraiment tard, mais c'est trop super.

J'ai acheté un cahier à paillettes et dessus j'ai écrit en titre : *Mes poésies.*

Puis j'ai choisi le mot **nuit**.

Et j'ai trouvé :

Soir – lit – couette – noir – doudou – chouette – bisous – pyjama – brosse à dents – bonsoir – papa – maman.

Mais là, je suis trop fatiguée, mes yeux se ferment et je n'arrive plus à écrire. Est-ce que vous pouvez m'aider ? Et si vous écriviez ce **poème,** vous ?

Bon, merci ! Allez, bonne nuit les poètes !!!

Achevé d'imprimer en France en janvier 2007
par I. M. E. - 25110 Baume-les-Dames
Dépôt légal : janvier 2007
N° d'édition : 4449